Anonymous

Der Freund der Wahrheit

Anonymous

Der Freund der Wahrheit

ISBN/EAN: 9783743369603

Hergestellt in Europa, USA, Kanada, Australien, Japan

Cover: Foto ©Andreas Hilbeck / pixelio.de

Manufactured and distributed by brebook publishing software (www.brebook.com)

Anonymous

Der Freund der Wahrheit

Der
Freund der Wahrheit.

Zweytes Heft.

Wünsche und Vorschläge.

I.

Alle Moralkompendien behaupten, der Mensch könne glücklich seyn, müsse es aber mehr im Innersten seines Selbst, als durch äußere Umstände seyn. Wie es denn aber von jeher Sitte war, daß Moralisten sich daran begnügten, nur zu predigen, und die Masse der Pflichten nur mit einem machtsvollen Muß begreiflich zu machen, ohne Rücksicht auf Weltverhältnisse, auf abwechselnde Konventionen, auf Sitten und Wohlstand, und auf das menschliche Herz überhaupt zu nehmen, kurz, ohne als fühlende Philosophen ihre Menschen zu behandeln, so liegt der Grund schon am Tage, warum uns die meisten dieser steifen Gesetzgeber entweder lächerlich, oder ärgerlich vorkommen. Wir fühlen es zu sehr, wenigstens mit jenem dunklen Gefühle der

Menschheit überhaupt, daß es nie daran genug seyn kann, uns durch bloße Machtsprüche zum Guten, zur Ruhe, zur Tugend anzueifern. Wir sind uns unsrer Schwäche zu sehr bewußt, indem wir stündlich und augenblicklich von dem entgegen wirkenden Gewicht des Sinnlichen und Körperlichen aus unsern besten Entschlüssen und Vorsätzen in eine unbehagliche Unthätigkeit und Unruhe herabgezogen werden. Mit einem Worte: Es ist die nie zu erstickende Stimme der Menschheit, die uns immer laut zuruft: Daß all unser Denken und Thun, und Streben nichts selbstständiges, sondern von Sinn und phisischer Konstitution so abhängig ist, daß es eine der ersten Wahrheiten seyn muß, was Diogenes sagt: „Es ist sehr viel (alles hätt' er sprechen können) „daran gelegen, wie „das Instrument gestimmt ist, auf dem „unsere Seele spielen soll."

Sicher und gewiß ist es dann: die Menschheit kann sich nicht durch bloße diktatorische Soll und Muß so ganz lenken lassen; sie ist das Spiel phisischer Kräfte, und all der mannigfaltigen Umstände und Verhältnisse, die durch den

au

augenblicklichen Wechsel alles irrdischen bestimmt, und geordnet werden. Also kann kaum, oder nie der machtsprechende Moralist all das von dem Menschengeschlechte fordern, was in seinem Sittenkodex steht. Seine Pflicht wärs vielmehr, wenn er nicht selbst Philosoph ist, sich einen solchen zu Hilfe zu bitten, der ihm bevor die menschlichen Hindernisse aus dem Wege räumte, ehe er hoffen kann, von seinen Sittenpredigten irgend einen ergiebigen Nutzen zu schöpfen.

Ich blicke jezt hinüber in die große Welt, unter die Menge der Menschen, die durch so tausendfache Umstände und Verhältnisse getrennt, und vereinigt sind. Ich sehe hier Widerspruch auf Widerspruch; der Dinge Lauf so geordnet, daß Hundert und Hunderte mitten in ihrem Lauf einander entgegen, und zu Boden rennen müssen. Ich seh den gemeinschaftlichen Punkt, in dem sich alle menschliche Leidenschaften vereinigen, und dieser Punkt — was ist er? — Selbstsucht, Eigennutz, Egoismus. Ein jeder strebt mit seinem Ich empor, und ihm ists gleichgültig, ob so oder so viel durch sein Aufstreben niedergetreten werden. Ich seh das

das allgemeine Ziel aufgesteckt, nach dem alle hinjagen; und dieses Ziel — was ists? — Reichthum — Luxus! —

Ich bin, wohin ich wollte. Ich hab das Ungeheuer bey den Haaren, das heut zu Tage so schreckliche Verheerungen unter den Menschenkindern anrichtet. Die Pest, welche alle unsre, edlerer Ziele fähigen Triebe und Leidenschaften vergiftet, den hämischen menschenfeindlichen Dämon, der unsre Herzen des antheilnehmenden Wohlwollens gegen unsre Brüder, all des seligen Gefühls der Menschenbruderschaft beraubt, und unsre weichgebildete Herzen so zu verhärten weiß, daß wir auch das kläglichste Elend mit der bitteren Kälte einer Furie anlächeln können.

Aber hier tret' er auf, der abstrakte Sittenlehrer! hier schrey er wider das Verderben — und was wird er richten? Nein! als Menschenfreund, als Philosoph muß der darein gehen, der hier etwas fürs allgemeine Beste thun will. Ein jeder arbeite nach seinen Kräften. Ich habe die meinigen geprüft, und thue was ich vermag. Wär es mir, wär es
den

den in der Einsamkeit zerstreut lebenden Menschenfreunden möglich, jenes vielköpfigte Ungeheuer in ewige Fesseln zu schlagen, wie sollten Tage und Nächte uns rastlos sehen, und wie würde es uns allen ein Himmel auf Erden seyn, wenn wir nach dem weggejagten Dampf, der ein glückliches Eden so tief einhüllt, im Stande wären, nicht nur dieses Eden in seiner ganz einfachen reizenden Schönheit darzustellen, sondern die minderverwöhnten Söhne und Töchter darinn einzuführen, und ihnen da den Lebensgenuß zu verschaffen, der diesseits in dem wilden Wirbel missinniger Leidenschaften nie, nie zu finden seyn kann. Ja tief liegt sie die herrliche Morgenröthe unter dem Horizont, und ringsherum thürmen sich schreckliche Wetterwolken dem Wanderer entgegen, der die Berge ersteigen, und mit dem Worte der Wahrheit das Sturmgewölke vertreiben will. Allein er wagt' es, und sollt' er wie Moses, nie selbst dieses gelobte Land betreten, so ists ihm schon Wonne und Lohn, seinen Brüdern wenigstens dieses Land gezeigt, und sie auf die Wege geführt zu haben, die dahin leiten.

II.

Ich behaupte: die Menschen können nicht glücklich seyn, so lange es dabey bleibt, daß Macht, Güter, und Größe auf Seiten derer sind, die sich nach Maaß ihrer Kräfte, ihres Bestrebens, ihrer List empor zu heben im Stande sind, und Unterdrückung, Armuth, Kummer und Verachtung auf Seiten jener, deren Wirkungskreis so eng ist, daß sie kaum einen gewagten Schritt vorwärts thun können. — Und so lange ein Theil der Menschen von Tag zu Tage sich mehrere Bedürfnisse auf den Hals muß wachsen lassen, die er nicht, oder selten befriedigen kann, und indeß der andere sich sogar die Befriedigung seiner einfachsten und nothwendigsten Bedürfnisse versagen muß.

Ich würde die Farben zu unnütz, oder zu häufig verschwenden, wenn ich hier alle Gemälde aus allen Lebensscenen aufstellen, und neben einander kontrastiren lassen wollte. Immer würde man sehen, daß Luxus und konventionelles Recht

Recht und Wohlstandswesen die Klippe
ist, an der alle Menschenkinder, vom
Bettler bis zum Reichsten scheitern. Man
folge mir durch die kleine Gallerie! und
du Wahrheit, Menschengefühl und Bruderliebe führe meinen Pinsel.

Ich wandere durch die Welt — und
seh, was ich finde: Krösus mit Millionen, und Lazarus ohne Brod. Habsüchtige Tyrannen, und kleinere Räuber
nach allen Graden und Gestalten. Beynahe überall Eigenthum, und in Kraft
dessen Unterjochung, Sklaverey. Menschen, frey und unabhängig gebohren,
trotz aller Rausenmacherey, und hungrigen Bosheitsgeschwätz von elenden Kerls
ohne Gewissen, trotz Ulpianen und ulpianischen Schurken, freygebohrne Menschen kriechen im Staube zu den Füssen
großer und kleiner Despoten. Ihr Leben, ihre Kinder, ihr ihnen etwa zugeworfenes Eigenthum, davon sie kaum die
Blöße bedecken können, alles ist des Despoten.

Von dem Schweiße seines Angesichts
hat der Arbeiter weder sein Brod, der
müßige Reiche verkümmerts ihm. Die

Tho

Thore der Natur sind ihm verschlossen — und er muß hungern! —

Er sieht, der Arme im Bettlerlappen, der sich elend fortschlept, wie glänzende Schurken mit Wagen, und Roß, mit Horden von Dienern umrungen, daherstolziren, in einer Pracht, von der seine Kinder mit ihm viele ihrer Lebensalter genügsam hindurch leben könnten.

Er schleicht an die Thüren der Palläste. Sein blasses, hagres Gesicht, er ganz mehr ein Gespenst, als ein Mensch, fleht zu den Ohren der Reichen. Sie sind taub für sein Flehn. Er jammert, und weint im vollsten Schmerzgefühl seines Elends; er weint um Brod — und wird verstoßen. Schmach und Schande ist sein Loos. Er sinkt hin in Ubermaaß seines Jammers, hat nicht, wo er sein Haupt hinlege, nicht, womit er seine Blöße bedecke. Hunger und Durst nagen, und flammen in ihm. — Und das seht ihr, das thut ihr — Menschen an Menschen! —

Wenn sich nun in ihm das Gefühl seines Selbst empört, wenn er aus dem Skla=

Sklavenschlummer aufwacht, wenn er die abscheulichen Fesseln seines Elends zerschlägt; wenn er in das Buch der Natur blickt, und gewahr wird, wie er nicht zu diesem Endzweck da ist, um gepeinigt zu werden, wenn er alle seine Rechte und Ansprüche fühlt, und inne wird, wenn sein Blut in allen Adern kocht. — Wenn er getrieben von Noth und Verzweiflung zur Mitternacht aufsteht, und wie ein Räuber ausgeht, und nimmt, was er braucht, und was ihm in die Hände fällt — wenn er nach Strick und Schwerdt greift, sich, oder eines seiner Mitgeschöpfe zu ermorden.— Ha! weh denen, die kaltblütig und grausam genug den Bedaurungswürdigen verdammen können; die seine wilde That, seine Verzweiflung nur ihm, und nicht dem hartherzigen Volke zur Last legen, durch dessen Stolz und Habsucht er dazu verleitet wurde. —

O Mitleid!, du wohlthätige Regung des menschlichen Herzens, wie bist du den meisten so fremd, oder doch unthätig, bis auf wenige edle Seelen, die den Drang der Menschheit fühlen. —
„Was kann ich dafür, daß der Lumpen-
„kerl

„kerl nichts hat. Ich hab das meinige „für mich; er mag zusehen, wie er zu „etwas kömmt!" — O ihr, die ihr es im Stande seyd, so zu sprechen, könnt und wollt ihr denn nicht bedenken, was man euch antworten kann? Wie, wenn der, der von euch diese Sprache hören muß, vor euch hinträte, und euch fragte? „Woher habt ihr denn eure „Besitzungen, eure Reichthümer, die „euch so stolz, so hartherzig machen? „von euern Vätern ohne Zweifel, denn „der meiste heutige Reichthum ist doch „ererbt, nicht erworben. Und eure Vä= „ter — wenn wir bis auf die letzte „Stuffe hinabsteigen — woher hatten „es diese? Vom Zufall? — Aber die „Natur weiß nichts von einem Zufalle, „woburch das Glück eines einzigen auf „dem Weh zehn andrer beruhen soll. „Ich bin dann nicht sowohl euer Bettler, „als euer Mitgenoß; der rechtmäßige „Befugniß hat, von euch seinen Antheil „zu fordern.. Wißt ihr, was euch die „Stimme der Natur zuruft: Laßt eure „Brüder nicht Noth leiden bey euerm „Ueberfluß! Wißt ihr die Worte des „Evangeliums: Die Reichen sollen die „Väter, die Vormünder der Armen
„seyn!

„seyn! In ihren vollen Scheuern hat
„der Nothdürftige sein Eigenthum! —
„Und wo steht das entscheidende Gesetz,
„daß ihr müßiges, wollüstiges Volk auf
„euern Pölstern und Schwanenbetten
„euer üppiges Leben dahin träumen könnt,
„indeß ich, der ich das bin, was ihr
„alle seyd, hingehen soll, als euer Knecht
„zu arbeiten, und zu schwitzen, um mir
„den Tag hindurch einige kümmerliche
„Bissen von euerm Uiberfluß zu ver-
„dienen? Wer gab euch das Recht,
„euren Mitmenschen als ein niedriges
„Werkzeug zur Befriedigung eurer wilden
„Begierden zu brauchen? oder ihn zum
„Fußschemel eures Stolzes zu machen?
—" So kann er sprechen, und was
werdet ihr ihm antworten? —

Ich glaub es aber indessen gern, ihr
Großen und Reichen dieser Tage, daß
euer Vermögen kaum hinreichen kann,
bey dem ungeheuern Auswurf eurer
Schätze auf Mode und Tand, und Ausschweifung und Schwelgerey der Armuth
Hilfe zu schaffen! Ihr müßtet mehr als
Krösus und Midas seyn, und da würd'
es euch kaum hinlangen, eure ganze
starke Familien mit allem Aufwand auf

den

den moderechten Fuß zu stellen, und noch für ihre Zukunft zu sorgen.

Und da denn liebe Armuth, siehst du die Quelle deines Elends! Sie, die es haben, sichs als ihr Eigenthum behaupten, können dirs nicht geben, denn sie haben selbst Noth, und möchten, und müssen wohl oft selbst betteln, und sich verschulden, ihrem Aufwand zu Liebe. Darbe dann, und verschmachte an den Thüren der Reichen, und harre umsonst nach den Brodsamen von ihren Tafeln. Die Hunde lecken diese auf, und dich peitscht man fort, rieffst du ihnen auch mit der Stimme des Jammers und des Todes zu: **Daß dein sey ihr zehnter Theil.**

III.

Doch Trübseligkeiten dieser Art fallen nicht allein auf die eigentliche Armuth. Jedem Stande ists heut zu Tage gradezu unmöglich gemacht worden, in Verbindung mit allen gesellschaftlichen und konventionellen Modepflichten seines Lebens froh zu seyn.

Gehen wir in den Bürgerstand herüber, und was finden wir? — Da sitzt er der mühsame Hausvater in dem Gedränge seiner zahlreichen Familie. Er arbeitet von der Frühe des Morgens bis in die späte Nacht, und doch ist der Ertrag seines Fleisses nicht hinreichend, den Aufwand der Seinigen zu bestreiten. Denn seht doch mit unverhüllten Augen, seht unsern Bürger, was ist aus ihm geworden? Ehedem war er der Mann, der mit gradem Sinn, und der standhaften Festigkeit eines braven Mannes seinen Weg dahin gieng, und zufrieden, und unbesorgt des Narrenwesens um sich her, in seinem Cirkel blieb, ohne weit herum zu fragen, ob er Wohlstand und Etikette, und die ganze Rubrik des französirenden Sittenverderbnisses beobachte. Seine Söhne und Töchter plünderten ihn nicht durch Putz und Pracht. In simpler und einfacher Tracht kamen sie daher die Töchter des Landes, und Unschuld und Tugend auf ihren unentweihten Rosenwangen. Der Schweiß betrübter Aeltern, die das verderbliche Unwesen einsehen, aber fast nicht wehren können, dieser Schweiß mit ihren Thränen vermischt, hieng ihnen noch

nicht

nicht in Schmuck und Gold, und Seide am Leibe. Aber das natürliche und redliche Gefühl dieses glücklichen Standes verschwand, und dafür schlich sich vornehmer Stolz, Wollust und eitle Wuth in die Herzen dieser Betrogenen. Die gutherzige Mutter muß sichs gefallen lassen, von ihren Töchtern Lehren über Mode und Wohlstand zu hören; sie muß in ihrer altväterischen Tracht neben ihren Töchtern dahergehen, von denen man kaum weiß, ob sie Göttinnen, — oder Schneiderstöchter sind. Statt des Spinnerockens, statt häußlicher Geschäfte, statt des edlen Bemühens sich zur Hausmutter zu bilden, sitzt das eitle Mädchen am Tabouret, am Nachtisch, und putzt, und tändelt, und spielt, wie weiland die Kinder mit den Puppen. Statt eines redlichen Mannes, der Absicht auf das Herz, und die Hand des gutgezogenen Mädchens hätte, stößt jetzt ein gepuderter Geck den andern in der Thüre. Stunde für Stunde sitzt sie da, umschwärmt von dem flatterhaften Geschmeis bunter Schmetterlinge, läßt sich ihr Herz vergiften, lernt alle Ränke und Liste, alle Wege der Wollust, seufzt und empfindelt im Geschmacke hirnloser Romane, lernt

In-

Intriquen und Betrug, spricht und seufzt von Liebe ohne Liebe, bringt endlich dem letzt betrogenen, mit einem verbuhlten Herzen einen siechen, abgezehrten Körper zur Mitgift, und untergräbt alle Freuden, alle Glückseligkeit des ehelichen Standes.

Unsre Jünglinge, wohin sind sie gekommen! Statt Tugend und Religion im Herzen, tragen sie eine elende, zusammengepapte Lumpenphilosophie im Kopf herum, die sie aus Romanen und schmierenden Kerls von Freygeistern aufsammleten. Statt deutschen Biederherzens, statt edlen und frohen Muths, statt selbst und gründlich denkenden Geistes haben sie sprudelndes Blut, in welchem die Flamme der Wollust, der Falschheit, der Tücke lodert. Statt Bruder-und Freundschaftstreue haben sie den Dolch im Busen. Ihr Freundschaftskuß ist Gift von der Zunge einer Natter. Statt brauchbarer Wissenschaft, statt Weisheit und solider Lebensphilosophie haben sie Register von alten und neuen Büchern in den Kopf gejagt, und wo es auf Prüfung, und Durchdenkung praktischer Grundsätze, auf Einsicht und Verstand bey den Verhält-

Freund d. Wahrh.   f   nis-

nissen, und Wechseln der Zeitumstände und Zurechtweisung weniger erleuchteter Mitbrüder, auf gesunde Vernunft und Räsonnement ankäme, sieht man den dümmsten Stolz die Stirne überziehen, und die Leute sich brüsten, als säs ihnen Sokrates und Plato im Geblüt. Statt einfacher Kleidung, die dem Jüngling ziemt, unterhält er eine Garderobe, die ihn zu Grunde richtet, dafür er sich Bibliotheken und andere Werkzeuge zur Beförderung seines dauerhaften Berufs anschaffen könnte. Aber zufrieden mit diesem Tand, und gerechtfertigt durch den herrschenden Wohlstand, durch den Ton und Geschmack der großen Welt wird, und muß er ein Geck werden, der seine Verdienste nach dem Gewicht seiner Borten mißt, den bescheidnen Jüngling neben sich verachtet, und durch die Gewalt einer Protektion, an der es einem schönen Rock nie fehlen kann, heraufgehoben, jenem den Weg vertritt, und mit seinem hohlen gepuderten Kopf in Aemtern und Würden sitzt; indeß jener, verzweifelnd an seinem Talent, und seinem Verdienst, immer noch in seiner einsamen Tiefe unbemerkt dahinschleicht.

IV.

IV.

Diese wenige Züge, vielleicht ziemlich treffend gezeichnet, karakterisiren zum Theil unsre heutige junge Welt. Ich will noch einige im allgemeinen, den ganzen Stand betreffend, von dem ich rede, hinzugeben. — Eben dieser Bürger nun, von dem ich sprach, kann er unter solchen Umständen seines Lebens froh seyn? Von wie vielen Seiten werfen sich ihm nicht Hindernisse in den Weg, denen er unmöglich ausweichen kann. Ich habe erinnert, und die tägliche Erfahrung beweißt es, daß in diesen Tagen dem guten Manne unzählig mehrere Bedürfnisse sind aufgeladen worden, als er ehedem hatte. Wie beträchtlich muß sich heut seine häusliche Oekonomie von jener seiner Vorältern auszeichnen. Kost, Wohnung, Kleidung, alles muß glänzender und kostenvoller seyn. Er mag es, und bleibe alter Sitte treu, was wiederfährt ihm? In den Augen seiner Mitbürger, die entweder den Ton angeben, oder doch meistens diesem Tone schon gehuldigt haben, gilt er für einen Sonderling, für einen Geizhals, für einen armen Schlucker. Man würde ihm sehr zur Unzeit Philosophie beybringen

wollen, wenn man ihm sagte, er müsse
vernünftiger seyn, und sich solcher kon=
ventioneller Grillen wegen nicht verder=
ben. Ist nicht diesem Manne, und muß
ihm nicht alles daran gelegen seyn, bey
seinen Mitbürgern in Achtung und Kre=
dit zu stehen? Hätt' er nicht schon ei=
nen Theil seines Glücks in seinem Ge=
werbe verscherzt, wenn er diesen Kredit
verlöhre? Sind dann endlich Leute die=
ses Standes, denen man am allerwenig=
sten vernünftige Prüfung aller ihrer
Handlungen zumuthen darf, sind diese
nicht mehr als irgend jemand hartnäckig
in ihren einmal angenommenen Gewohn=
heiten? Wird man ihnen begreiflich ma=
chen können, daß es thöricht von ihnen
sey, in ihrem Aufwand dem Adel, wenn
nicht gleich zu kommen, doch nicht weit
hinter ihm bleiben zu wollen? Werden
sie nicht ihren Stolz, und zwar einen sehr
gefährlichen Stolz, beleidigt und gekränkt
glauben, wenn man sie überzeugen woll=
te, daß der Abstand der Stände auch ei=
nen Unterschied des Aufwandes bestim=
me? Wird man es wagen dürfen, von
einem Handwerker, der seines Bedün=
kens, den Kopf am rechten Fleck
sitzen hat, zu fordern: er möge nicht
bor=

bortirte Kleider tragen, es sey nicht seines Standes, und ruinire ihn. Er wird ganz dreist antworten: Herr, ihr gebt mir nichts dazu, und euch, und dem vornehmen Volke, zu trutz will ichs tragen. Er trägts auch, und noch silberne Schnallen, Degen und Ringe, und allerley dergleichen mehr dazu, wenn er auch sieht, daß es ihn verdirbt. Er hat sich nun einmal vorgenommen, den Vornehmen zu trutz, und um vor seinen Mitbürgern einen Hieb vorauszuhaben, diesen Aufwand zu machen. Diese lassen sich aber nicht erst bitten, es ihm nachzuthun. Er treibts weiter; diese ihm nach; die Eifersucht wird rege; Weib und Kinder müssen auch mitmachen — und so, um kurz zu seyn, sieht man ganze solche Familien ihrem Untergang nahe rücken, die Kästen mit Kleidern vollpacken, und dabey, allen andern zu trutz, auf eignes, und das Wohl und Weh seiner Kinder für Gegenwart und Zukunft — vergessen.

Es ist zwar sicher, daß demungeachtet die meisten ihre Augen öffnen, um das Unheil zu bemerken, dem sie preisgegeben sind. Sie fühlen den niederdrückenden Kummer nur zu sehr, der sie in ihrer kostbollen Haushaltung verfolgt. Sie klagen nur zu laut über den wenigen Verdienst, über die schlimmen Zeiten; was eben so viel heißt, als über den bemeldten Aufwand; denn über die Zeiten darf Niemand klagen, am wenigsten der Handwerksmann. Liegt es denn nicht am Tage, daß auch eben dieser herrschende Luxus mehrere Hände beschäftigen muß? Und fehlt es denn etwa an Arbeit? Gewiß nicht. Allein, weil eben alle Arbeit nicht so viel eintragen kann, als die übermäßigen Ausgaben fordern, so klagt man über schlimme Zeiten, ob zwar jene, die nachdenken, auch das Kind beym rechten Namen nennen, und statt der schlimmen Zeiten über schlimme Wirthschaft seufzen.

Und diese schlimme Wirthschaft — hier muß ich eine wichtige Bemerkung nicht übergehen, die so sehr hieher gehört. Was ist aus unsern Müttern, aus unsern Frauen geworden? Ich rede noch nicht vom Adel; nur von den bürgerlichen Frauen? Haben sie sich nicht von der Pest des vornehmen Müßigganges, der Galanterie anstecken lassen?
Sind

Sind sie noch alle treue und emsige Haushälterinnen? Liegt ihnen das Wohl ihrer Familien am Herzen? Sind sie aufmerksam auf alle Irrungen und Fehler des Hauswesens? Arbeiten sie — oder sitzen sie a la Dames an der Toilette, beym Spiegel, und putzen und schminken sich, und lesen französische Romane, indeß das Gesinde die Haushaltung besorgt? — Bilden und erziehen sie ihre Töchter ehrbar und christlich, oder setzen sie sich in ihrer Gesellschaft unter junge Fasler und Gecken, treiben Aergerlichkeiten, und lehren die ganze Kunst der Buhlschaft, der Galanterie, und des Müßigganges nach allen Regeln? — Sind sie treue Gehilfinnen ihrer Männer, oder verschwenden sie das auf zweydeutigen Wegen, was der gutherzige Ehemann im Schweiße seines Angesichts erarbeitet? — Sind sie damit zufrieden, sich in die eigentlichen Gränzen ihres Standes einzuschränken, oder treiben sie ihre alberne Narrheit so weit, sich mit Damen und Standespersonen zu messen, und in Schmuck und Putz, und allem weitern Zugehör es diesen gleich thun zu wollen? — Gnügen sie sich an dem ehrenvollen Namen einer Mutter, einer

Hausfrau, oder lassen sie sich von allen Ecken: gestrenge, oder gar gnädige Frau zuschreyen? —

Die Feder versagt einem, wenn man dergleichen unangenehme Fragen viele zu thun hat. So gewiß ists aber, daß unsre Frauen, unsre Mütter, sehr wenige ausgenommen, das nicht sind, was sie seyn sollen, weder das noch, was ihre Mütter noch waren. Luxus und Eitelkeit haben sie gefesselt; sie haben die weibliche Schwäche, die bey den Anfällen der Mode, und des Putzes, immer so sichtbar ist, bis itzt sehr auffallend dargewiesen; und so war das schon vielen, die fürchterliche Prophezeihung in den Mund kam: wir würden, nach und nach noch schlimmer daran seyn, als die wildesten Völker, wenn unsre Sitten, durch die Beyspiele solcher Mütter, immer mehr und mehr vergiftet werden.

V.

Wenn ich nun, was in die Rubrik des belobten Mittelstandes gehört, und was ich bereits darüber gesagt habe, zusammenziehe, um das Resultat heraus zu zuheben, so läßt sich mit gutem Grunde so viel behaupten: Unsre Bürger haben sich von den Wegen ihres einfachen Wandels durch modische Albernheiten abführen lassen. Sie sind Affen der Großen geworden; haben sich eine Menge, sonst nicht gekannter Bedürfnisse, auf den Nacken geladen, die sie kaum, oder gar nicht, und immer mit erwiesenem Nachtheil auf ihrer Seite befriedigen können, und wodurch sie endlich dahin kommen müssen, ihres Lebens nicht froh seyn zu können. — Wenn hier die meisten, welche dieses angeht, an ihr Herz gefühlt, und mir aus offner Seele eingestanden haben, daß ich recht hätte, so soll es meine angenehme Pflicht seyn, an gehörigem Orte so viel von den Mitteln, wodurch die schiefgelenkte Sache eine gradere Wendung bekommen könnte, anzuzeigen, als sich deren für diesmal können angeben lassen. Hätt' ich den lieben Willen, ein schönes Lustschloß ins Land der Feen zu bauen, so würd' es mir an hundert solchen Mitteln kaum fehlen. Allein da ich nur zu sehr habe einsehen lernen, daß ein idealischer Projektant ein ärgerlicher Tröster seyn muß, so

werd'

werd' ich, und will ich stets in dieser wirklichen und wahren Welt irren und wandeln, und sonach hier und nie vergessen, daß man es jederzeit mit Menschen zu thun habe, die zu sehr ihren eignen Kopf hätten, um sich durch Zauberstäbe à la Diogenes umbilden lassen zu wollen.

VI.

Weil in der Natur alles Schritt vor Schritt, und nichts sprungweise geht, so hab ich auch so im Vorbeygehn die Mittelklasse von den allerley Menschen mitnehmen wollen, die da in dicken Reihen an dem Wege stehen, der zwischen dem Lande des Bürgers, und dem des Edelmanns liegt. Und wenn ich anders recht beobachtet habe, so sieht es hier am fürchterlichsten aus. Durch einmal festgesetzte und angenommene Maßregeln ist diesem Stande (vom Rath bis zum Kanzellisten) eingeräumt worden, nach Verschiedenheit der Verhältnisse, in denen man steht, sich dem Adel mehr oder weniger zu nähern. Aber welche andre Folgen kann dieses haben, als die Nothwendigkeit auf die Seite dieser zu legen, damit

sie

sie sich bestmöglichst des Postens, auf dem sie stehen, würdig zu machen suchen; das heißt: damit sie ihres Aufwandes so viel machen, um der hohen Gnade würdig zu seyn, Eintritt und Umgang bey Adelichen zu haben. Aber diese Privilegien, diese Gnaden, was fordern sie nicht? und wie muß einer fast Leib und Seele drauf opfern, um nur halbweg dem Ton beyzustimmen, und wehe ihm, wenn seine Kräfte nicht so weit reichen wollten!

Du, der du immer bist, kannst du aus Unvermögen all das Wohlstands- und Modewesen nicht mittreiben; hast du mittelmäßige, simple Kleidung, glänzt dein Zimmer nicht von Uiberfluß und Kostbarkeiten; vermagst du nicht räuberische Modespiele zu bauern, alle öffentliche Lustbarkeiten, Tänze, Schauspiele auszuhalten; gehts in deinen Schmausereyen, Gesellschaften, Spatzierfahrten nicht vollauf, daß sich die vollen Becher durchkreuzen, die Tafel unterm Gefräß feucht, deine Gäste sich auf Wochenlang satt essen — kannst du das alles nicht — wer bist du dann in der Welt, bey den Leuten? was giltst du? — Gar nichts.

Man

Man wird deiner spotten! Man wird, hättest du Verstand und Talent für einen Minister, dich in den Winkel schieben, verächtlich bey dir vorübertreten, deine demüthige Komplimente mit einem halben Kopfnicken erwiedern, schief nach dir hinblicken, die Achsel zucken, und — den armen Schlucker, der du bist — mitleidig bedauern.

Hoffentlich soll in diesem Bilde ein jeder aus besagten Ständen etwas für oder von sich finden. Ich geh' noch weiter, und berühre manche einzelne Fälle. Laßt mich einen jungen Mann betrachten, der irgend auf eine Weise eine Bedienung, ein Amt erhält; welche Sorgen übernimmt er auch zugleich statt der Mitgift? — Schon der Gedanke, daß er nun aus seiner unwirksamen Sphäre herausgehoben, und Diener des Regenten, des Staats geworden ist, wird so über ihn herfallen, daß er kaum zum Entschluß kommen kann, wo er mit seinen ökonomischen Sorgen zuerst anfangen soll. Da ers nun mit einer Menge andrer, die auch am Drat des Modewesens gezogen werden, zu thun hat, so fodert es die Politik, oder wie man es

auch

auch anders nennen könnte, die Standespflicht, sich in allem, vom Kopf bis zu den Füssen so aufzuführen, wie es nur immer Gewohnheit und Vorurtheil fodern kann. Kleidung, Wohnung, und eine Menge zufälliger gesellschaftlicher Ausgaben müssen izt einen Grad ersteigen, der fast immer über die Gränze des bestimmten Einkommens hinausgeht. Der junge Mann muß nolens volens seine Zuflucht, wenigstens anfänglich, zum Schuldenmachen nehmen, oder was eben so viel heißt: er muß einem wuchernden Hebräer zinsbar werden. Und sobald er so weit ist, mag ihm ein jeder Glück wünschen, damit er im Stande seyn möchte, sich recht bald aus dem mühseligen Labirinth seiner Schulden herauszuhelfen.

Kömmt ihm nun endlich gar der Gedanke, daß er aufs Heurathen ausgehen will, so dürfen wir ihm sämtlich unser herzliches Mitleid mit auf den Weg geben. Welcher Vater wird ihm so leicht seine Tochter geben, sollte sich sein Gehalt nicht wenigstens auf 1000 Gulden belaufen. Und im Grunde läßt sich sowas nicht verdenken. Ist nicht in diesen

sen Tagen eine Frau so eine theure Meubel geworden, daß einem jeden Biedermann alle Heurathsgedanken auf der Stelle vergehen könnten, wenn er nebst Modewesen, Putz, Galanterie u. d. gl. sich noch den nöthigen Uiberschlag von Vermehrung seiner Familie macht? In der That, 600 Gulden sind eine sehr mäßige Summe für eine Frau, die gestrenger, oder gar gnädigermassen auf moderechten Füssen stehen soll, um ihrem lieben Gemahl bey der großen Welt keine Unehre zu machen. Da giebts ja, Gott weiß, welche Ausgaben, die so unumgänglich nothwendig geglaubt werden, daß der gute Eheherr oft genug an seinen Fingern nagen möchte, um der lieben Helfte die Kosten auf eine neue Pariserhaube, neue Ohrringe, Spitzen, und Bänder, und Spielgeld, und Kaffee, und Schokolade, und des Teufels seine Historien weiter zu verschaffen.

Von allen dem überflüssigen Plunder aber nun abstrahirt; erwogen meine Freunde, ob nicht eben so gut dergleichen entbehrliche Nothwendigkeiten entbehrlich bleiben könnten, ob nicht dauerhafte

hafte Ruhe und Glückseligkeit in allen
Ehen herrschen könnte und würde, wenn
sich die galante Welt die Mühe nehmen
wollte, so viel Vernunft zu haben; um
zu begreifen: daß ja ganze Schränke voll
Kleider und Kostbarkeiten, und daß allgemeine Bewundern eitler Narren und
Närrinnen über Putz und Pracht keinen
Dreyer werth ist, im Vergleich mit häus-
licher Zufriedenheit, Gnügsamkeit, vernünftiger Sparsamkeit, und derjenigen
ruhigen und einfachen Einschränkung,
wodurch innerer Friede, und diejenige
Stille, und sorgenlose Freude erzeugt
wird, welche die Würze des wahren Lebens ist. — Alles dieses erwogen, wie
kann es fast noch möglich seyn, daß man
nicht Fesseln abwirft, in welche uns Vorurtheil und alberne Eitelkeit schmiedete,
und dafür lieber die besseren und sicheren
Wege sucht, um das liebe Ländchen
menschlicher Glückseligkeit zu finden! —

VII.

Mit einer Wehmuth, die ich nicht
bemeistern kann, werd' ich bewegt, hier
noch einige Blicke auf unsre jugendliche
Welt insbesondere zu thun. Ich will
mich

mich nicht wiederholen; aber auch so viel
sagen, als gesagt zu werden nöthig seyn
kann.

O des traurigen Anblicks, wenn wir
so unsre Jünglinge in ihren heutigen Umständen und Modepflichten betrachten!
Wir klagens uns mit dem bitteren Tone
strafender Orbils, daß unsre Jugend so
tief bergab gefallen sey; daß es darinn
von Gecken und Schwindköpfen wimmle;
aber erwägen wir auch sattsam die Quelle
dieses Unwesens? Kennen wir sie die
widersinnigen Foderungen der heutigen
Welt an ihre Jünglinge? Nicht nur die
vielen Gelegenheiten des Müßigganges,
der Verschwendung, der Ausschweifung
sind es, wodurch diese Jünglinge ihrem
Verderben hingeopfert werden. Eben
so, und vielleicht noch mehr ists der herrschende Geschmack, die leichte Modephi-
losophie unsrer Alten, die es den Jünglinge zur Pflicht macht, sich zu putzen,
zu schmücken — kurz: ein Weib zu seyn.
Wer wirft sich so weit weg, einem jungen Menschen wohl zu begegnen, ihn zu
schätzen, sich für sein Schicksal zu interes-
siren, wenn sein Kopf nicht von Puder
dampft, und Gold und Seide seinen Körper deckt? Er komme der biedere, der

männ-

männliche deutsche Jüngling mit der Bescheidenheit, und dem ruhigen Ernst eines jungen Sokrates, Redlichkeit und reines Gefühl im Herzen, Klarheit und gereinigtes Licht im Kopfe — er trete auf in seiner einfachen Tracht — und man giebt sich kaum die Mühe, ihn zu bemerken. Er mag stehen, an seinem edlen Selbstgefühl, an seinem stillen, unerkannten Verdienst nagen, und erhungern. Der bunte eitle Geck, der vor ihm hinstattert, der gnädigen Frau mit tausend Devotionen und Süßigkeiten die Hände küßt, dem gnädigen Mäzen sich mit taktmäßigen Tänzeranstand präsentirt, mit einer artigen Unverschämtheit oberflächliche Kenntnisse, und einen bunt durcheinandergeworfenen Kram von Halbgelehrsamkeit herschwadronirt, und vor allen durch die siegende Kraft eines gutgeschnittnen feinen Rocks, seidner Strümpfe, und wohlfrisirten Schädels zu überreden weiß, gilt für einen geschickten, weltklugen Mann, darf ungehindert in Gesellschaften mitsprechen, wohl gar den Ton angeben, und bey nächster Appertur darf er sich gar Rechnung auf eine ansehnliche Stelle machen, denn bey Hofe ist er schon bestens rekommandirt.

Freund d. Wahr.   g   Aber

Aber woher dann der belebende Trieb nach eigner, innerer Vollkommenheit? Wer will und kann sich so hassen, um seine schönsten Lebenstage einer anhaltenden Emsigkeit zu widmen, seine besten Kräfte durch die Dürre skolastischer Sentenzen auftrocknen zu lassen, wenn er alles dessen keinen Endzweck, keine hoffnungsvolle Aussicht vor sich hat? Wenn er überzeugt seyn muß, daß er hinten nach wird stehen sollen, weil ihm die Kraft von Silber und Gold, gestickten und bortirten Kleidern nicht beywohnt? Wenn er zehn andre durch solche Mittel emporsteigen sieht, und er immer und immer zurückbleibt? —

O ihr Wächter der Staaten! ihr könnt nicht gleichgültig seyn, wenn ihr diese traurige Umstände des Jugendalters erwägt; wenn ihr bemerkt, daß das Wohl späterer Zeiten auf den Vorzügen eines artigen Rockschnitts beruht, und die Männer der Weisheit diese seyn werden, welche in ihren jungen Jahren schöne und reiche Kleider trugen!

Da ich den Schaden dieser Aufführung von dieser Seite betrachtet habe, so

so darf ich auch jene nicht vergessen, die
den Jüngling unmittelbar selbst verdirbt.
Wenn es nun also einmal für allemal
herrschende Sitte geworden ist, in der
Jugend solch einen kostbaren Aufwand
zu machen; wie wird der Jüngling endlich in seinen spätern Jahren bestehen,
wenn er nun an der Stuffe seiner Beförderung auf die Verschwendung seiner
vorigen Tage zurücksieht, und nun seinen
leeren Beutel in den Händen hält; wenn
er seinen Vater so weit gebracht hat,
daß es über dessen Kräfte geht, ihn ferner zu unterstützen: und ists einem Vater etwa ein Spas, einen oder mehrere
Söhne 10, oder 12 Jahre, durch all
die kostvollen Wege der Studien, und
der damit verbundnen Galanterie zu
führen, ohne auf seiner Seite irgend einen gleichzeitigen Ertrag zu gewinnen?
Muß es nicht andre Geschwister zu bit-
tern und gerechten Klagen reizen, wenn
der bequeme Bruder auf der Akademie
in einem Jahre mehr verbringt, als zwey
andre im väterlichen Hause vielleicht durch
mehrere Jahre? Und muß es endlich
nicht dem rechtschaffenen Vater eine Wun-
de in die Seele schneiden, wenn er,
mit gewisser Uiberzeugung des zu stiften-
den

den Verderbens, doch den heutigen Konventionen, dem regierenden Ton zu Liebe, die Verschwendung seines Sohnes begünstigen, dazu Vorschub thun muß, um wenigstens die Hofnung zu haben, er werde durch diese Mittel diesen Sohn so weit vorwärts arbeiten, um doch zur Zeit einmal der Mühe und des Verdrusses überhoben zu seyn, einen verdorbenen gelehrten Müßiggänger, auf alle seine Lebenstage mit dem übrigen Maßvieh für nichts und wieder nichts zu Tode zu füttern. —

VIII.

Wenn wir diese paar Betrachtungen zusammennehmen, und jeder für sich, und aus dem Cirkel seiner Erfahrungen noch die seinigen hinzugiebt, so werden wir endlich ganz natürlich das Resultat herausfinden: daß es auch der sogenannten Mittelklasse der Menschen, welche einen so großen Theil des Staats ausmachen, nach Maßgabe unmöglich geworden ist, alles das zu leisten, was heutige Sitte und Gewohnheit fordert; oder im andern Falle, wenn sie ja alle ihre Kräfte daransetzen, um das zu leisten, eine

dau=

dauerhafte und ungekränkte Glückseligkeit zu geniessen. Ferner liegts am Tage, daß der Hauptgrund dieses unvermeidlichen Misvergnügens darinn liegt, daß man sich zu emsig und unbehutsam zur Pflicht aufgebürdet hat, in seinem Etikett- und Wohlstandsgepränge, und fast überhaupt in all seinem Thun und Lassen, die Großen nachzuäffen. Diese unselige Nachahmungssucht ist die Giftquelle für so viele Tausende, die sonst in stiller und genügsamer Eingeschränktheit ihren Weg dahinwandeln, und dann im Stande seyn würden, ihr eignes, und das dauerhafte Wohl ihrer Familien zu befördern.

(Die Fortsetzung im nächsten Heft.)

Beyträge
zu einem neuen deutschen Wörterbuch.

A.

Asche.

Man muß sich billig wundern, daß die Mönche, die doch sonst nicht so leicht einen Zweig ihres heiligen Kommerzes übersahen, die Asche, mit der man an der Aschen, oder Aschermittwoch manchen Thoren gescheid macht, nicht auch schon längst in dieses Kommerz mit hinübergezogen. Sie würden sich durch die Anlegung eines Magazins von diesem bewährten Pulver gewiß kein geringes Verdienst um den Staat, und die Wohlfahrt vieler ihrer Mitmenschen erworben haben. Oder wollten sie etwa grade deswegen mit diesem Kommerz nichts zu thun haben, weil sie fürchteten, dem Staate dadurch auf eine gewisse Art nützlich zu werden? —

Amu-

Amulete.

Seitdem der Teufel in der Welt, und besonders in den Klöstern nichts mehr zu schaffen hat, *) sind die Mönchsamulete all ihrer Wunderkraft beraubt, und die Kühe und Schweine mögen nun auf ihre eigne Weise krank, und wieder gesund werden. — Ob denn nun nicht auch bald jemand kommen wird, der den Schurken, den Schleichern ihre Amulete, durch deren ewige Zauberkraft sie sich nach Belieben in alle mögliche Aemter und Würden zu setzen wissen, aus den Taschen nehmen wird! Freylich behaupten wohl die meisten ihre unüberwindliche Stärke durch das Amulet aller Amulete: das Geld; und der Riese von Zauberer soll wohl erst in jener Welt gebohren werden, der mächtig genug wär, dieses Hauptamulet seiner allmächtigen Wunderkraft zu entzaubern. Indessen kenne ich doch zu meinem herzlichen Troste einen Mann, der ernstliche Mine macht, wenigstens die Amulete der Kabbale, der erschlichenen Patrozinien, der

---

*) Siehe Hoffmanns Mönche und der Teufel.

Handleckerey, des andächtigen Heuchelns, und der hochwohlgebohrnen, gnädigen, hoch-und wohledelgestrengen Dummheit in ihr verdientes Nichts hinabzuzaubern, und dem Amulet des Verdienstes, und des wahren Patriotismus seine so sehr abgeschwächte Kraft, wieder ganz und ungeschwächt zuzutheilen.

B.

Beutelschneider.

Ein Kenner deutscher Sprache, der gerne jedes Ding bey seinem rechten Namen nennt, sagte einmal: dieses Wort schiene recht den Rabulisten zu Liebe gemacht zu seyn, und er klagte recht herzlich, daß man so wenig auf Präzision hielte, und noch immer Rabulisten statt — — sagte.

C.

Cerberus.

Herr Cerberus mit seinen drey Köpfen steht zwar an der Höllenpforte. Wacht; aber demohngeachtet spazieren täg-

täglich ganze Legionen Sünder in Lumpen und Hadern zur Pforte hinein. Herr Cerberus ist also ein schlechter Wächter, und er soll von unsern Wächtern mit und ohne Stock, mit Musketen und Säbeln, an Pforten und Antischämbern die bessere Art zu Wachen lernen, denn die lassen Niemand ein, als wer ein recht großes Maul, einen bortirten Rock, einen feinen Degen an der Seite, und ein stattliches servum pecus hinter sich hertreten hat. Drum also Herr Cerberus! die in Lumpen weisen sie künftig auch ab, und lassen nur jene in ihr Dapartment, welche gut aufgestutzt dahergehen.

D.

Dummheit.

Ich grüsse dich, o du edle mächtige Dummheit! Du bist das wahre Pfund, das mehr als hundertfach wuchert! Du bist die wahre freye Kunst, die ihre Anhänger zu allem macht, wozu sie nur will. Aemter und Würden, Ansehen und Reichthum, dicke Bäuche und große Waden, das alles, und noch mehr theilst du mit verschwenderischer Hand unter deine

deine Millionen und Millionen Klienten. Sie wimmeln schaarweise um deinen Thron, und nur höchst selten läßt deine mütterliche Zärtlichkeit einen unerhört, und unbelohnt von sich. Du blickst stolz und verachtend auf die arme Weisheit hinab, die auf ihrem hölzernen Schemel sitzt, nur sehr wenige Klienten, und weder einmal für diese Brod genug hat. Der ewige Krieg, den du ihr geschworen hast, wird nie aufhören; du wirst sie und ihre Anhänger ewig verfolgen; der Esel Silens wird stets in stattlicher Parade daherschreiten, indeß Minervens arme Eule in ihren verborgenen Steinhaufen kriecht, um nur von dem trägen und gewaltigen Vieh nicht ertreten zu werden.

E.

Ehrlich.

Der Henker ist nicht ehrlich, denn der zieht Pferde ab. Aber der Junker und sein Amtmann sind ehrlich, denn die schinden Bauern.

Ehestand.

Überzeugt von der Schädlichkeit der Monopolien schafte man die meisten davon

von so gut als möglich ab. Es existiren zwar noch immer einige; aber glücklicher Weise war das Monopolium der Ehen eines der ersten, welches abgedankt wurde. Was konnte aber auch lächerlicheres, und unnatürlicheres auf der Erde stätuirt werden, als das Gesetz: einer Frau nur einen Mann geben zu wollen? Alles in der Natur hat seinen Wechsel, alles, von dem kleinsten Gräschen, bis zu den Gestirnen! und doch konnten die Unmenschen blos allein von dem Frauengeschlecht ein ewiges Männereinerley fordern? — Unsre menschlichen empfindsamen Zeiten haben sich endlich des Jammers erbarmet; und unsre ehr- und tugendbegabten Frauen sind nun von dem lästigen Joche ihrer Ehemonopolien befreyt.

F.

Fidelbogen.

Ein altes Sprichwort sagt: Wenn du die Wahrheit geigst, so schlägt man dir den Fidelbogen um den Kopf. — O liebe Zeit! wenns nur immer bey einem Fidelbogen bliebe, so würde die Wahrheit doch nicht so rar seyn. Aber aus dem Fidelbogen ward nur gar zu oft ein Strick,

Strick, ein Henkersbeil, Landesverweisungen, ewige Gefängnisse, und was sonst die wohlweise Staatskunst wider den einbrechenden Strom aller Wahrheit zu statuiren, für gut befunden hat. Das hilft denn, daß einer gern sein Maul wieder zuthut, wenn er es kaum halb aufgemacht hat. — Silentium!

G.

Gastfreyheit.

Zwischen der alten und neuen Gastfreyheit ist blos der unbedeutende Unterschied, daß man ehedem von gutherzigen Leuten freundlich aufgenommen, und umsonst bewirthet; heut zu Tage aber um baares Geld ziemlich grob, und mit vierfacher Bevortheilung, bedient wird.

H.

Hauben.

Ich will nur sehen, wie lange die inkonsequente Mode noch herrschen wird, daß die Frauenzimmer, und nicht vielmehr die Männer, wenigstens die eigentlichen Ehemänner, Hauben tragen. Die
Hüte

Hüte müſſen ſie in den Kirchen, und in den Zimmern abſetzen, und ſo kann jedermann die H —— ſehen; trügen ſie hingegen Hauben, ſo könnte das Unweſen doch ſo ziemlich verrammelt werden, damit es nicht jedermann ſo ſtark in die Augen fiele, und ſchwache Seelen ſich nicht daran ärgern möchten. Unſre Stutzer ſollten aber darum Hauben tragen, um den ſchönen Stutzerinnen ihr galantes Gegenkompliment zu machen, da dieſe ſchon manche Zeit her die Männerhüte würdigen, ihre ſchönen Köpfchen damit auszuſtaffiren.

Hoſen.

Hätt' ich ein Wort als Fürſt zu reden, ſo müßten mir alle Männer, welche ſich von ihren Weibern die Hoſen nehmen laſſen, zur öffentlichen Proſtitution in Weiberröcken herumlaufen. Es wäre weiter nichts dabey zu befürchten, als daß die Schneider das Hoſenmachen gar bald verlernen würden.

Hirſchhau.

Alten Sagen zu Folge, waren die Hirſchhauer ehedem ſtark in dummen und närriſchen Streichen. Wenn die Sage
Grund

Grund hat, so soll dieses Hirschhau den Vorzug haben, daß es der ganzen Welt seinen Namen giebt, denn da ist heut zu Tage überall lauter Hirschhau.

J.
Intention.

Die Moralisten halten sehr viel auf die Intention, und sie lassen keinem Priester seine Funktion gehörig gelten, wenn er nicht jedesmal eine gehörige Intention vorausschickt. Sie theilen auch in dieser Absicht besagte Intention in eine vollkommene, und minderwollkommene. Die weltlichen Richter sind nicht so sophistisch. Sie lassen einen Dieb aufknüpfen, ohne ihn über seine vollkommene, oder minderwollkommene Intention zur Rede zu stellen.

Indifferentist.

Mancher Prediger hat sich über die Indifferentisten schon so heiser geschryen, daß er auf Kosten seines Eifers eine Kanne Bier mehr trinken mußte. Die Indifferentisten sind aber auch freylich wunderliche Leute; sie glauben, zum Beyspiel, daß ein Windbeutel, ein Windbeutel ist;

er

er mag nun eine braune, oder schwarze Kapuze, einen weissen Kragen, oder einen Rabbinerbart haben; sie glauben, daß ein Schelm, ein Schelm ist, er mag katholisch, oder lutherisch, reformirt, oder ein Quacker, ein Herrenhuter, oder Jude seyn, und sie gönnen jedem ehrlichen Manne den Himmel.

Insekten.

Mit den sechsfüssigen und achtfüssigen hat man den Vortheil, daß man sie leicht und ungestraft todmachen kann, wenn sie einen scheren. Die zweyfüssigen aber darf man nicht todmachen, obschon sie grade die unnützlichsten und schädlichsten sind, obschon sie trotz den Eseln ihr tüchtiges Futter fressen, und einen auf die allerunerträglichste Art peinigen können. Wunderliche Einrichtung in der Welt!

K.

Kaper.

Ein Seeräuber aus den alten Zeiten (heut zu Tage nennt man die Herren Kapers) sagte Alexander dem Großen, der ihm den Lohn seines Handwerks geben

ben laſſen wollte, mit derben Worten: Herr, hätt' ich eure Macht, ſo wär ich, was ihr ſeyd; aber weil ich nur wenig vermag, ſo heiß ich ein Räuber. — Es waren Zeiten, wo man ſagte: der arme Narr da hat 20 Gulden geſtohlen; hängt mir ihn auf! — Der dort hat ſeinen Monarchen, ſeine Herrſchaft um 20 Tauſend betrogen — Ah! den müſſen wir mit vieren fahren laſſen!

Karten.

Wenn dem Eſel ſein Bündel Heu nicht mehr zu Halſe will, ſo weiß der Bauer akkurat, daß das Vieh dem Schinder ſ. v. gehören wird. Wenn der Herr von ** von der Karte Abſchied nimmt, ſo denkt, daß der lezte Kreditor ihm geborgt hat, oder beſtellt ihm ſogleich den Todtengräber.

Kunſt.

Die Kunſt geht nach Brod, ſagte Leſſing zu ſeiner Zeit. Heut zu Tage fängt ſie an einigen Orten auch ſchon an, gar nur nach Waſſer zu gehen.

Küſ-

Küssen.

Die Dichter fallen gemeiniglich in eine verliebte Ohnmacht, so oft sie von den Süßigkeiten, und der Zauberwonne des Küssens zu leyern anfangen. Das beste Mittel, manchen dieser Süßigkeits=leyrer aus seiner Extase zu wecken, wär, wenn man ihm mitten in seiner Sinnlo=sigkeit die Ruthe, oder noch öfter den Stock zu küssen gäbe.

L.

Litaney.

Daß die Heiligen sehr geduldige Leu=te seyn müssen, beweißt sich unter andern auch daraus, daß sie, ohne verdrüßlich zu werden, das ewige Einerley des ora pro nobis in den Litaneyen anhören können. Ich getraute mir nichts besse=res zu erwarten, als über die Stiege hinabgeworfen zu werden, wenn ich mei=nen Gesuch bey einem Großen in Lita=neyform hersagen wollte.

Lügen.

Man sagt nicht mehr Lügen, sondern die Stärke oder Spitzfindigkeit seines Wi=

Freund d. Wahrh.   h   tzes

tzes zeigen. Die Kinder lügen bisweilen noch, und bekommen dafür die Ruthe — weil sies nicht recht können. Große Leute paſſiren eben darum für geſcheid, weil ſie ihre Kunſt gehörig verſtehen.

Lachen.

Zu vieles Lachen verräth einen Narren, ſagt ein altes Sprüchwort. Aber über dumme Einfälle und abgeſchmackte Poſſen lachen, weil ſie Ihre Excellenz — oder die gnädige Gräfinn — oder das gnädige Fräulein vorbringt, zeigt einen Mann von Verſtande, einen Mann, der Klugheit und viel Welt hat. Ich kenne Leute, denen ein einziges ſolches wohlangebrachtes Lachen, trotz ihrer angeſtammten Dummheit, zu anſehnlichen Stellen verholfen hat.

Lampen.

Daß man zu Nachtszeit in den Häuſern und auf den Straßen Lampen anzündet, iſt ganz vernünftig. Aber daß man oft vor das gemahlte, oder geſchnizte Bild eines Heiligen ein halb Duzend ſilberne Lampen hinhängt, ſcheint mir überflüßig zu ſeyn.

M.

M.
Mahomet.

Mahomet war ein Betrüger, ein falscher Prophet, denn er sagte den Leuten, die ihm glaubten, lauter Lügen vor: Unsre Mönche aber sind lauter gute Propheten, denn über ihre Zunge ist noch keine einzige heilige Lüge gekommen.

Maultrommel.

Mancher Prediger würde seinen Zuhörern eine bessere Auferbauung verschaffen, wenn er ihnen von der Kanzel herab ein hübsches Stückchen auf der Maultrommel vorspielte, als daß er sie mit einer elenden Predigt einschläfert, oder zur Kirche hinausjagt.

N.
Nulle.

Weil einzelne Nullen vor sich nichts gelten, so setzt man in die Departements immer einige gültige Zahlen, damit die übrigen danebensitzenden Nullen durch sie doch einigen Werth bekommen.

Nieswurz.

Man sagts immer der Natur zum Lobe nach, daß sie jedem Klima seine eignen Produkte, so wie sie dessen Bedürfnisse angemessen sind, zugetheilt habe; und doch will auf deutschem Boden, so fruchtbar er sonst an Narren ist, kein Nieswurz fortkommen.

O.

Oper.

Die Leute, welche uns in den Opern erscheinen, sind keine Kinder dieser Welt. Aus welchem Planeten sie just gebürtig seyn mögen, kann ich nicht so genau bestimmen. Wenigstens haben sie das große unterscheidende Merkzeichen an sich, daß sie, was gewöhnliche Erdenkinder nur plattweg reden, mit schönen Trillern, und Cadenzen singen.

Orgel.

Ohne Balkentreter ist die Orgel stumm; und ohne vorläufiger Überbuchstabirung des Protokolls mit dem Sekretär, ist der Herr geheime Rath zu R*** in der Conferenz, Mäuschen still.

Ohn-

Ohngefähr.

In der Welt geschieht nichts von ohngefähr. Der Bettler ist zum Bettler prädestinirt, und wenn dieser stumme Bube da zum Professor prädestinirt ist, so muß ein Professor aus ihm werden, und wenn ihm noch obendrein lange Ohren zum Schädel herauswachsen sollten.

Opfer.

Die Armen sind nicht nur für diese Welt übel daran, wo sie nicht satt zu essen, keine ganze Kleidung, und keinen sichern Wohnort haben, sondern auch in jener Welt wird es windig genug mit ihnen aussehen, wenn es wahr ist, was die Mönche behaupten, daß nämlich ein Mensch, so oft er ein silbernes oder goldenes Herz an einem Altare aufhängt, oder die sogenannten Armenseelenkästchen anfüllen hilft, sich immer einige Stuffen in den Himmel baut.

Orakel.

Die Orakel der Heiden waren heilige Gaukelspiele, von denen sich die Götzenpfaffen auf Kosten der Dummheit und des

des Aberglaubens des Volks mästeten. Gott, und der gesunden Vernunft sey es gedankt, daß diese Gaukeleyen endlich vernichtet wurden! Heut zu Tage wird Niemand durch Orakelsprüche und Orakelstreiche mehr betrogen. — Man reist nach Loreto, nach Maria Zell, Maria Taferl 2c. holt sich einen vollkommenen Ablaß, hängt goldne und silberne Herzen, wächserne Hände und Füsse auf; läßt sich unerhörte Mirakel erzählen, und geht mit einem getrösteten, von Wahrheit erfüllten Herzen wieder nach Hause.

P.

Patron.

Es giebt hin und wieder noch einfältige Leute, welche sich auf keine andere Weise Patrone erwerben wollen, als durch stilles und bescheidenes Verdienst. Sie hungern und dursten dabey — und doch wollen sie sich nicht dazu bequemen, statt ihrer albernen Verdienste, oberflächliche Kenntniße, Moderäsonnement, einen guten Wuchs, eine feine Frisur, schöne weißseidene Strümpfe, einen niedlichen Haarbeutel u. d. gl. zu zeigen, und statt ihrer einfältigen Bescheidenheit sich
lie-

lieber in der Kunst der galanten Impertinenz, alles was einem ins Maul kömmt, hochprahlerisch daher zu schwadroniren, und seinem Unsinn die Farbe des durchdringenden Verstandes geben zu wissen, exerciren. — Überhaupt aber sind die Patrozinien der Steifröcke die ergiebigsten und sichersten, wie ich irgendwo angemerkt gefunden habe.

Pferd.

Daß man heut zu Tage auf Pferden reitet, ist eine bloße Wirkung unsrer feinen und artigen Sitten. Es wäre allerdings unartig, wenn man noch auf Eseln ritte, denn so möchte es sich wohl auch treffen, daß ein Bruder auf den andern zu sitzen käme.

Pilatus.

Jener Bauer wollte sichs durchaus nicht ausreden lassen, daß Pilatus kein Heiliger seyn sollte, weil er ja leibhaftig im Glauben stünde. Ich lobe mir diesen Bauer wenigstens deswegen, daß er doch vielleicht mehr Zutrauen zum Glauben, als zur Legende der Heiligen hatte.

Pabſt.

Der erſte Pabſt, der nach Wien gekommen iſt, heißt Pius der Sechſte.

Papier.

Sollte es denn in und um Wien ſo ſehr an Lumpen fehlen, daß das Papier hier zu Lande in einem ſo ungleich höheren Werthe ſtehen muß, als im ganzen römiſchen Reiche? Und noch wunderbarer iſts, daß, obſchon ein Mann, von deſſen weltbekannter Uneigennützigkeit ohnehin ganz Deutſchland überzeugt iſt, ſich des Papierhandels mit aller kaufmänniſch väterlichen Zärtlichkeit angenommen hat, demohngeachtet das Papier um nichts wohlfeiler werden will. Wie geſagt: es muß entweder in und um Wien zu ſehr an Lumpen fehlen, oder wollen ſich nur etwa die armen Papierhändler durch die mäßigen Preiſe ihres Schadens erholen, weil bekanntermaßen in Wien ſo gar wenig Papier verbraucht wird. Es ſey aber, was es ſey! die wahre Urſache möcht' ich gerne wiſſen.

H.

Q.

Quartier.

Man klagt in Wien über den zu hohen Preis der Quartiere. Wem sein Quartier zu theuer wird, schlage seinem Hausherrn die Fenster ein, und wenn er es dann absolut prädentirt, schaft ihm sein Hausherr gewiß sein Quartier — gratis.

Questioniren.

Aus welcher Sprache sich dieses Wort in die unsrige verirrt hat, weiß ich nicht. Es ist übrigens ein hübsches Wort, und hat, wie die meisten hübschen Wörter, eigentlich gar keine bestimmte Bedeutung.

R.

Rumpf.

Kann sehr oft als ein Sinonimum von Kopf gebraucht werden.

Religion.

Es hat zu manchen Zeiten böse Leute gegeben, welche sich darauf wollten todschlagen lassen, daß die Religion nur bloß dazu da sey, um das Volk politischer Weise in Zucht und Ordnung zu erhalten. Wenn diese Leute unglücklicher Weise recht haben sollten, so brauchten wir heut zu Tage keine andre, als die Religion der großen Männer mit Schnurbärten, Musketen und Säbeln.

Rache.

Wie ich den Menschen kenne, so liegt kein Instinkt so tief in dem Innersten seiner Natur verwebt, als der Instinkt der Rache. — Es ist aber ein abscheuliches Ding diese Rache! Wer hat es dazu gemacht? Die Natur legte diesen Instinkt aus Wohlthat in den Menschen, damit das gegenseitige Gefühl desselben einen jeden schreckte, seinen Nachbar zu beleidigen. Daß die Menschen zu Bären und Tigern, und ihre Rache die Rache dieser Bestien wurde, ist nicht das Werk der Natur.

S.

Schleier.

Die italiänischen Frauenzimmer, und unsre Nonnen müssen sich überschleiern. Die

Die übrigen deutschen Schönen sind aber von einer so festen und robusten Tugends-komplexion, daß sie, ohne die mindeste Gefahr, auch mit halbentblößtem Leibe dahergehen können.

Schiff.

Das Schiff dieser Welt ist schon so oft an Felsen und Klippen geworfen worden, daß es schon anfängt, ziemlich leck zu werden. Daran sind aber nur meistentheils die Steuermänner und die Matrosen mit ihren ewigen Zänkereyen und Balgereyen Schuld. Ich fürchte immer, es wird wieder einen verzweifelten Felsenstoß absetzen, wenn aus der Balgerey etwas wird, zu welcher verschiedene Steuermänner bereits wieder das Signal zu geben scheinen.

Schleicher.

Diese politischen Fabii kommen gemeiniglich auf ihren Zehen weiter, als andere Leute, die auf ihren graden und ganzen Füssen dahertreten.

Sonne.

Trotz ihrer Majestät bescheint sie geduldig tausend und tausend Narren und Dummköpfe. Laßt uns lieben Brüder, ein Exempel an ihr nehmen, daß auch wir durch die unübersehbare Reihe der Narren, Dummköpfe und Schurken dieser Welt geduldiglich Spitzruthen wandern mögen.

Satanas.

Jener Bauer, oder wer es sonst war, pflegte in seiner Litaney zu allen Heiligen beym heil. Atanas gemeiniglich zu beten: O du heiliger Sankt Satanas, bitt für uns. Wer weiß, ob dieser Bauer nicht mit der Zeit seine soliden Nachahmer bekömmt.

T.

Takt.

Die Welt scheint itzt nach dem Prestissimo Takt zu tanzen. Das kann denn aber wohl natürlicher Weise nur so lange dauern, bis die Musikanten müde Fäuste bekommen; und dann denk' ich, wirds allmählig wieder dahinkommen, daß sie nach und nach ins Lentissimo heruntersinkt,

sinkt, bis sie auch endlich aus eigner Müdigkeit, gar einschläft.

Tintinillus.

So heißt der kleine Teufel, der das Präsidium über das Brevierbeten der Geistlichen führt. Man sieht ihn, je nachdem gute oder schlechte Erndte ist, öfters mit ganzen Frachten Brevieren, wo jeder Lastwagen mit acht herkulischen Böcken bespannt ist, der Hölle zukutschiren. Dort legt er die erbeuteten Breviere in einem eigends hiezu erbauten Magazine ab, ▇ einer oder der andere jener Geistlichen, die ihm zinsbar geworden sind, ankömmt, denen er dann ihre Hölle mit ihren eignen Brevieren einheizt. Er hat sich einmal von den Mönchen ausbitten wollen, daß er jedes Brevier, das er von einem der ihrigen erbeutete, für zwey anrechen dürfte, und er gab zum Grunde an, daß ja diese Herren gar nichts anders zu thun hätten, als ihren Chor zu singen. Allein man wies ihn damit ab, daß, obschon man auf dieser Welt bessere Tage habe, als die meisten andern Menschen, man doch nicht gesonnen sey, sich in der Hölle dafür

für zweyfach, braten zu laſſen. — So weit die Hiſtorie. Siehe das weit. Hiſt. Tintip. lib. 6. cap. 3. & ſeqq.

U.

Univerſalmedizin.

Ich kenne keine bewährtere, als den Tod. Hilft er nicht für alles, ſo hilft er wenigſtens von allem.

Untreu.

Es giebt ſehr viele untreue Liebhaber! O die untreuen Mannsperſonen! — das iſt die ewige Klage der Frauenzimmer. Und doch will man wiſſen, daß die Frauenzimmer gern alle ihre Reize zuſammennehmen, um eine der andern ihren Liebhaber untreu zu machen. Weſſen Schuld iſt nun eigentlich dieſe ſämmerliche Untreue? —

Utopien.

Thomas Morus träumte ſich ſein Utopien, Plato und Diogenes ihre Republiken, und die Dichter ihr Arkadien. Traurig genug, daß man ſich in dieſer beſten Welt eine gute nur träumen muß.

W.

W.
Wiege.

Wenn man mit Mädchen von Wiegen spricht, so werden sie roth, und halten sich die Hand vor das Gesicht. Junge Frauen lächeln schelmisch nach der Seite. Eine zweyjährige Frau aber weiß schon, quid juris!

Weihrauch.

Die großen Herren riechen ihn sehr gern, und manche haben ihre Nasen schon so stark davon durchbaizen lassen, daß sie es oft nicht einmal gewahr werden, wenn man auch Harz, Pech und Schwefel darunter mischt.

Winkelschreiber.

Diese Benennung giebt meistens einen nachtheiligen Begriff. Das ist nur ein Winkelschreiber, sagt man, wenn man irgend einem Federfechter einen üblen Geruch machen will. Aber es fragt sich billig, ob nicht vielleicht dem Publikum recht sehr damit gedienet wäre, wenn eine starke Menge unserer öffentlichen Schreiber zur ewigen Vergessenheit in die

ent-

entlegensten Winkel geworfen, und statt ihrer manche verachtete Winkelschreiber ins offne Licht gezogen würden? — Ich habe unlängst einen Menschen kennen lernen, der trotz seines zerrissenen Rocks, seine Winkelschreiberey ja nicht mit der öffentlichen Schreiberey manches Sekretärs und Concipisten umtauschen soll, wenn er sich nicht vom Pferde auf den Esel setzen will.

Wien.

Man muß es, ohne komplimentiren zu wollen, gestehen, daß das Wienerpublikum dem Buchdruckergewerbe allerdings sehr günstig ist, so günstig, daß die bisher existirenden Buchdruckereyen noch zu wenig sind, um alle lese- und schreiblustige Gaumen, die sich hier finden, zu befriedigen. Wien muß sich wenigstens noch 16 Buchdruckereyen anlegen, wenn die Heringsweiber und Schusterbuben, die sich nun auch schon mit aller Macht in das Reich der Litteratur einzudringen anfangen, künftig nicht Mangel an neugedrucktem Papier leiden sollen. Aber aus eben diesem Grunde soll Wien von seinen Buchdruckern fordern, daß sie das Publikum für gutes Geld, nicht mit Löschpapier, und was sonst die Buchschmiererey mit sich bringt, abfertigen.